Michael Köhlmeier

Gedankenspiele über das

Gelingen

Literaturverlag Droschl

für meine Enkelin Marie

Schule der Enttäuschung

Der antike Philosoph Diogenes soll die Statuen auf dem Athener Marktplatz um eine Münze angebettelt haben. Auf die Frage, warum er das tue, antwortete er, er übe sich in Enttäuschung.

Der Teufelsmusikant

Keith Richards, Rhythmusgitarrist der Rolling Stones, habe sich als junger Musikant immer wieder eine Platte von Robert Johnson angehört. Bei *Come on in my Kitchen*, aber auch bei anderen Nummern, sei er sich sicher gewesen, dass zwei Gitarren spielen oder sogar drei. Er habe die Nummern analysiert, habe die einzelnen Läufe gespielt – sie zusammen in *eine* Hand zu legen, sei ihm unmöglich erschienen. Der Musikant müsste Finger haben, länger als ein Zimmermannsbleistift. Über

Robert Johnson war wenig bekannt, es hieß aber, bei allen neunundzwanzig Songs, die er aufgenommen hatte, habe nur er Gitarre gespielt. Nie habe ihn jemand begleitet. Auch auf der Bühne sei er immer allein aufgetreten, er habe nie einer Band angehört. Auch zeitgenössische Musikanten meinten, ein Mann allein könne so nicht spielen. Es hieß: Der Teufel helfe aus.

Keith Richards experimentierte mit offenen Stimmungen, er drehte die zwei tiefen, besonders dicken Saiten – E und A – nach unten auf D und G, drehte die hohen, besonders dünnen Saiten h und e auf d und g, die zwei mittleren Saiten D und G ließ er. So entstand der Eindruck, als ob einer die Bässe spielte und ein anderer die hohen Licks, und wenn er dazwischen über die beiden mittleren Saiten strich, hörte es sich an, als ob ein dritter dazu begleitete.

Was bei den Originalen noch auffiel, war eine merkwürdige Verschränkung der Rhythmen. An manchen Stellen klang das sogar fehlerhaft. Die Licks attackierten die Bässe.

Die Begleitsaiten behaupteten einen anderen Rhythmus als die hohen und die tiefen Saiten, nicht selten hielten sie dem Herzschlagrhythmus des Blues' einen Dreivierteltakt entgegen; es hörte sich an, als ob der Rhythmusgitarrist ein klein wenig hinterherhinke. Was aber den besonderen Beat der Nummern ausmachte. Ähnlich wie Billie Holliday mit ihrem Gesang hinter der Band herhinkte.

Mit siebenundzwanzig – oder achtundzwanzig – Jahren starb Robert Johnson. Auf allen Vieren sei er durch den Saloon gekrochen und habe gebellt. Der Teufel, hieß es, habe ihn geholt. Auf einem Kreuzweg um Mitternacht habe Johnson nämlich mit dem Teufel einen Pakt geschlossen: der perfekte Blues gegen die Seele.

Keith Richards hat herausgefunden, wie es geht!

Befleckung

Am 9. September 1976 starb Mao Tse-tung. China trauerte. Nicht zwei Männer in Peking. Sie saßen in der Küche des einen und tranken Schnaps und riefen: »Lange verrotte der Große Vorsitzende!« Nachbarn zeigten sie an, sie wurden verhaftet und wegen »Befleckung des Sozialismus« zum Tode verurteilt. Nach einem Jahr wurde das Urteil aufgehoben. Ihr Verhalten sei zwar kritikwürdig gewesen, stelle aber keine Straftat dar, hieß es. Die Löhne, die ihnen während der Haftzeit entgangen waren, wurden zurückgezahlt. Einer von den beiden machte später Karriere in der Kommunistischen Partei.

Ein Kriegsgedicht

Phrynichos lebte im späten 6. Jahrhundert vor Christus, er war ein hoch geschätzter Tragiker. Er gilt als Vorläufer und Vorbild von Aischylos. Wie keinem anderen gelang es ihm, die Gefühle des Publikums aufzupeitschen. In einem seiner Stücke, das von der Einnahme Milets durch die Perser handelte, weinten die Menschen nach der Uraufführung so sehr, dass er eine Strafe von 1000 Drachmen zahlen musste – er habe in seinem Werk auf zu mitreißende Weise an dieses Unglück erinnert. Später machten ihn die Athener zum Feldherrn – nicht weil er Kriegserfahrung besaß, besaß er nämlich nicht, nicht weil er aus einer vornehmen Familie stammte, stammte er nämlich nicht, sondern weil er ein Gedicht verfasst hatte, das die Soldaten im Gefecht sangen und das sie mit solcher Inbrunst kämpfen ließ, dass sie gegen eine Übermacht siegten. Den Sieg rechneten die Bürger Athens nicht der Tapferkeit der Soldaten oder dem strategischen Geschick ihrer Offiziere an, sondern dem Dichter eines Liedes.

Der Vertrag

Der Philosoph Arthur Schopenhauer war ein vorzüglicher Erzähler – ein so vorzüglicher, dass es die Männer seiner Mittagstischrunde in seinem Stammgasthaus in Berlin nicht nur nicht störte, wenn er immer wieder eine bestimmte Geschichte erzählte, sondern sie ihn sogar dazu drängten. Die Geschichte ist uns leider nicht überliefert – und das hat einen Grund. Eines Mittags nämlich saß ein Gast an einem Nebentisch, der hatte aufmerksam zugehört, und als Schopenhauer geendigt hatte, trat er dazu und sagte, er wolle die Geschichte kaufen. Was er mit kaufen meine, fragte Schopenhauer. Er wolle das Eigentumsrecht an der Geschichte erwerben, sagte der Gast, sodass er allein in Zukunft darüber entscheide, wer sie erzählen dürfe und wer nicht. Er machte ein Angebot, wir wissen nicht, wie hoch, es muss aber hoch gewesen sein, denn Schopenhauer war sofort einverstanden. Der Gast ließ sich vom Wirt Papier, Tinte und Feder bringen und setzte den Vertrag auf und unterschrieb, und Schopenhauer unterschrieb auch; und auch die übrigen Herren am Mittagstisch unterschrieben – als Zeugen. So wurde auf zwei Bogen Papier verfahren, für jeden der beiden Geschäftspartner ein Vertrag.

Am folgenden Tag erschien, wieder zur Mittagszeit, der erwähnte Gast, und er brachte eine kleine Gesellschaft mit, sechs Herren. Nachdem sie gespeist hatten, sagte der Gast, er wolle seinen Freunden nun eine Geschichte erzählen. Dabei blickte er hinüber zum Stammtisch, an dem Schopenhauer und die anderen saßen. Er erzählte die Geschichte, die er tags zuvor dem Philosophen abgekauft hatte. Und er erzählte die Geschichte schlecht. An der ungünstigsten Stelle verriet er die Pointe, eine wichtige Information vergaß er und musste sie nachreichen, was den Fluss unterbrach. Er wartete auf Lacher, wo es nichts zu lachen gab, und verhedderte sich in pathetischen Worten, wo schlichtes Berichten gefragt war. Und er fand kein Ende. Schließlich stand Schopenhauer auf, holte aus der Tasche sein Portemonnaie und blätterte den Betrag, den er für die Geschichte erhalten hatte vor dem Erzähler auf den Tisch. Er wolle das Recht auf seine Geschichte zurück, sagte er, einen Zehner lege er als Zinsen darauf, das müsse wohl genügen. Der Gast hatte selbst gemerkt, dass er die Geschichte schlecht erzählt hatte, und er verfügte über genügend Selbstkritik, um einzusehen, dass eine Geschichte zweitrangig, die Art, wie sie erzählt wird, aber erstrangig ist, und dass er sie nie würde ebenbürtig erzählen können. Zugleich aber gönnte er seinem Geschäftspartner den Triumph nicht.

»Ich, der Eigentümer der Geschichte«, sagte er, »erkläre, ich werde sie nie wieder erzählen, zugleich verbiete ich jedem anderen, es zu tun. Die Geschichte gehört mir. Ich werde jeden klagen, der es wagt, sie weiterzuerzählen.«

Niemand wagte es. Das ist der Grund, warum wir sie nicht kennen.

Die ideale Philosophenbiografie

nach Martin Heidegger: »Aristoteles wurde geboren, arbeitete und starb.«

Der Musikant als Politiker

Der Musikant Bernhard Weber wurde am 6. November 2019 in der konstituierenden Sitzung des Vorarlberger Landtags als Abgeordneter der Grünen angelobt. Anstatt einer Antrittsrede sang er *Mannish Boy* von Muddy Waters – die beste Version, die ich je gehört habe. Anschließend steckte er die Mundharmonika wieder ein. Verlegen. Ein Mitglied seiner eigenen Fraktion quittierte dieses Geschenk mit dem finstersten Blick, den ich je gesehen habe. Der Vorsitzende sagte, in Zukunft solle der Abgeordnete Weber doch lieber sprechen und nicht singen.

Mozart und der Küchenchef

Hieronymus von Colloredo, der Fürsterzbischof von Salzburg, stellte Mozart als Hauskomponist an. Was er zu welcher Gelegenheit in welcher Länge und welcher Tonart und ob in Dur oder Moll zu komponieren habe, darüber entschied der Küchenchef. Irgendwann ließ sich Mozart das nicht mehr gefallen, er kündigte. Der Küchenchef rechtfertigte sich vor Colloredo, der Komponist habe in letzter Zeit sehr nachgelassen, bei einem fröhlichen Festessen mit viel Süßem habe er an manchen Stellen immer wieder ein Moll eingeschmuggelt, das, wenn überhaupt, doch nur zu Fisch passe. Mozart habe das kulinarische Erlebnis ruiniert, weshalb er, der Koch, über die Kündigung des Komponisten nicht unglücklich sei.

Wahrscheinlich eine Weisheit der Sioux

Wenn zwei Falken auf einem Baum sitzen und ein Schwarm Wildenten fliegt vorbei, dann sagt auch nicht ein Falke zum anderen: »Schau, da fliegt die Mehrheit, schließen wir uns an!«

Der Knabe und der Adler

Über den antiken griechischen Geschichtsschreiber Phylarchos wissen wir wenig: dass er im 3. Jahrhundert vor Christus in Athen gelebt, dass er über die Geschichte des Peloponnes geschrieben und dass er acht oder zehn Bücher mit Anekdoten herausgegeben hat – viel mehr ist nicht überliefert. Claudius Aelianus, der römische Rhetoriker und Anekdotensammler, hat fast fünfhundert Jahre später in seinen Tiergeschichten – *De natura animalium* – mehrfach auf Phylarchos hingewiesen und manche seiner Miniaturen zitiert. Über ihn gelangte auch die folgende Geschichte zu uns:

Es war einmal ein Knabe, der sich bereits im Alter von vier Jahren für die Vögel des Himmels interessierte. Eines Tages fand er unter einem Felsen ein Adlerjunges, das eben erst aus dem Ei geschlüpft und über die Wand in die Tiefe gestürzt war. Zum Glück war es im weichen Moos gelandet und ohne Schaden geblieben. Der Knabe nahm es mit nach Hause und pflegte es, atzte es und reinigte regelmäßig sein Gefieder von Parasiten. Das Adlerjunge wuchs heran, die beiden waren unzertrennlich. Als irgendwann ein Hund dem Knaben hinterherlief und ihn mit seinem Gebiss in Gefahr brachte, krallte sich der Vogel in seinen Nacken und hackte so lange auf seinen Schädel ein, bis er sich jaulend davonmachte. Wenn andere Buben dem Knaben, der schwach und friedlich war, etwas antun wollten, verteidigte der Adler seinen Freund, bald traute sich niemand mehr, den Knaben auch nur anzusprechen, selbst seine Eltern wichen ihm aus und erlaubten ihm alles, was er sich wünschte. Tagsüber saß der Adler, der bald schon seine volle Größe erreicht hatte, auf der rechten Schulter des Knaben, in der Nacht hockte er am Bettende, wo ihm ein Nest bereitet war. Dann wurde der Knabe krank und konnte nicht mehr genesen. Er starb, und im Hof wurde ein Feuer angezündet, die Eltern wollten den Leichnam ihres Kindes verbrennen und die Asche ins Meer streuen. Claudius Aelianus schreibt, nie habe er bisher gelesen oder gehört, dass ein Tier einen Menschen so sehr geliebt habe, dass es bereit gewesen sei, gemeinsam mit ihm zu sterben. Nur in Fabeln, Märchen und Sagen werde solches erzählt, aber die Tiere, die in diesen Geschichten vorkommen, seien in Wahrheit keine Tiere, sondern eigentlich ebenfalls Menschen, die der Belehrung willen im Tierkleid aufträten. Phylarchos aber sei kein Fabeldichter gewesen, kein Märchenerzähler und kein Rhapsode, er sei Naturforscher gewesen, ein Skeptiker obendrein; wenn er von der Freundschaft zwischen Vogel und Mensch berichte, dann dürften wir glauben, dass wenigstens in einem Fall so eine Liebe bis in den Tod und über den Tod hinaus gelungen sei. Als die Flammen um den Leichnam in die Höhe schlugen, stürzte sich der Adler hinein und verbrannte mit seinem Herrn und Freund. Die Eltern mischten die Asche beider und übergaben sie dem Wind, auf dass er sie hinaus aufs Meer trage.

Raumfüllend

In Nigeria soll ein Mann gelebt haben, der hatte drei Söhne. Als er sich ans Sterben machte, rief er nach ihnen und sagte: »Alles soll der erben, dem es gelingt, mein Zimmer ganz zu füllen.«

Der älteste Sohn begann am Morgen. Er sammelte alles Stroh und Laub, das er finden konnte, und lud es im Zimmer seines Vaters ab. Aber es gelang ihm nicht, es bis zur Decke zu füllen; er musste das Zimmer räumen und ging leer aus. Am Nachmittag kam der zweite, der karrte Sand herbei; aber auch ihm gelang es nicht, das Zimmer zu füllen, und auch er ging leer aus. Dann war Nacht, und der jüngste hatte draußen nichts finden können. Er nahm eine Kerze und zündete sie an, und das Zimmer seines Vaters war von Licht erfüllt. Der Vater entschied, das gelte.

28 Sätze

Im Alter von siebenundsechzig Jahren machte sich Meister Eckhart zu Fuß auf von Köln nach Avignon, wo der Papst damals residierte. Er war wegen Häresie angeklagt und wollte sich verteidigen. Von insgesamt 150 verdächtigen Aussagen aus seinem viele Bände umfassenden Werk waren schließlich 28 Sätze übriggeblieben, die von der Kommission als böse eingestuft wurden. In der Anklageschrift hieß es:

»Fürwahr, mit Schmerz tun Wir kund, dass in dieser Zeit einer aus deutschen Landen, Eckhart mit Namen, und, wie es heißt, Doktor und Professor der Heiligen Schrift, aus dem Orden der Predigerbrüder, mehr wissen wollte als nötig war, und nicht entsprechend der Besonnenheit und nach der Richtschnur des Glaubens, weil er sein Ohr von der Wahrheit abkehrte und sich Erdichtungen zuwandte. Verführt nämlich durch jenen Vater der Lüge, der sich oft in den Engel des Lichtes verwandelt, um das finstere und hässliche Dunkel der Sinne statt des Lichtes der Wahrheit zu verbreiten, hat dieser irregeleitete Mensch, gegen die hellleuchtende Wahrheit des Glaubens auf dem Acker der Kirche Dornen und Unkraut hervorbringend und emsig beflissen, schädliche Disteln und giftige Dornsträucher zu erzeugen, zahlreiche Lehrsätze vorgetragen, die den wahren Glauben in vieler Herzen vernebeln, die er hauptsächlich vor dem einfachen Volke in seinen Predigten lehrte und die er auch in Schriften niedergelegt hat.«

Wie die 28 Sätze lauteten, derentwegen

Meister Eckhart angeklagt war, wurde nicht veröffentlicht, weil Gefahr bestand, sie könnten anstecken.

Die Strafen auf Häresie waren Exkommunikation, Entzug allen Eigentums, in hartnäckigen Fällen Tod auf dem Scheiterhaufen. Meister Eckhart starb am 28. Jänner 1328 in Avignon. Nach seinem Tod wurde das Verfahren fortgesetzt und endete mit einer Verurteilung der 28 Sätze als verabscheuungswürdig. Der Papst teilte aber mit, Eckhart habe vor seinem Tod alle seine Irrtümer vollständig widerrufen. Das war eine Lüge.

Kindersoldaten

In dem barocken Roman *Der Abentheuerliche Simplicissimus Teutsch* von Hans Jakob Christoffel von Grimmelshausen, erschienen 1668 und 1669, sitzt in einer Szene Simplicissimus, nachdem er gefangen genommen wurde, einem schwedischen Offizier gegenüber; der ruft aus: »Du bist ja noch ein Kind!« und fragt ihn, warum er denn gegen ihn kämpfe. Simplicissimus antwortet: »Eure Soldaten haben mir meine Murmeln genommen, die möchte ich wiederhaben.«

Der schwarze Engel

Geboren als Isidore Lucien Ducasse im April 1846 in Montevideo, Uruguay. Wenig ist über sein Leben bekannt. Sein Vater war französischer Konsulatsbeamter. Als Zwanzigjähriger zog er nach Paris. Er schrieb ein langes Prosagedicht, *Chants de Maldoror* – »Die Gesänge des Maldoror«. Es ist das einzige Werk, das er vollendet hat. Er veröffentlichte es unter dem Namen Comte de Lautréamont, nach einer Romanfigur von Eugène Sue. Den Helden des Poems, Maldoror, nannte André Breton die Inkarnation des Bösen. »Alles noch so Kühne, das man in den kommenden Jahrhunderten denken und unternehmen wird, es ist hier in seinem magischen Gesetz im voraus formuliert worden.« »Maldoror« leitet sich ab von *Aurore du Mal* – die Sonne des Bösen. Maurice Maeterlinck sprach von einem »schwarzen Erzengel von unnennbarer Schönheit«.

Im 2. Gesang charakterisiert sich der Protagonist selbst: »Meine Poesie wird aus einem einzigen Angriff bestehen, geführt mit allen Mitteln gegen den Menschen, diese reißende Bestie, wie auch gegen den Schöpfer, der solch ein Ungeziefer niemals hätte erschaffen dürfen. Bände auf Bände werden sich türmen bis ans Ende meines Lebens, und doch wird man darin immer nur diesen einzigen meinem Bewusstsein dauernd gegenwärtigen Gedanken finden.«

Am 24. November 1870 starb Isidore Ducasse. Die Umstände sind nicht hinreichend geklärt. Er wurde vierundzwanzig Jahre alt. Es war die Zeit der Belagerung von Paris durch die Preußen. Die Menschen hungerten.

Die Tiere des Zoos wurden geschlachtet und den Bürgern als Speise angeboten. Für Monsieur Ducasse habe der Besitzer des Hotels, in dem er wohnte, ein Stück Oberschenkel eines Löwen reserviert. Ducasse habe sich geweigert, es anzunehmen. Nicht Löwen sollen den Menschen, sondern Menschen den Löwen vorgeworfen werden. Habe er gesagt. Er sei verhungert, hieß es.

Seit dieser unvergleichliche Dichter gelebt hat, wissen wir, was Schönheit ist, nämlich: »... das zufällige Zusammentreffen einer Nähmaschine und eines Regenschirms auf einen Seziertisch.«

Ebenfalls einer zufälligen Begegnung verdankt sein Werk, dass es nicht vergessen wurde. Während des Ersten Weltkriegs entdeckte der Schriftsteller und spätere Surrealist Philippe Soupault in einem Antiquariat unter mathematischen Büchern ein Exemplar der *Gesänge des Maldoror*. Er erkannte die Qualität und verlegte es neu.

Lautréamont gehört neben Charles Baudelaire, Arthur Rimbaud und Gérard de Nerval zu den französischen Baumeistern der modernen Literatur.

Der Briefwechsel

Am 11. April 1968 schoss der Hilfsarbeiter Josef Bachmann auf Rudi Dutschke. Er schrie: »Du dreckiges Kommunistenschwein!« Drei Schüsse. Daraufhin versteckte er sich und schluckte Schlaftabletten. Die Polizei fand ihn, schoss auf ihn und verletzte ihn. Vor dem Untersuchungsrichter sagte er aus, er habe gemeint, er tue dem Land etwas Gutes, wenn er den Mann töte. In der Gefängniszelle versuchte er wieder, sich das Leben zu nehmen.

Rudi Dutschke überlebte das Attentat. Er musste von Neuem sprechen lernen. Er sah den Blumenstrauß auf dem Nachttisch, wusste aber nicht das Wort dafür. Er trainierte, indem er an dem Buch weiterarbeitete, das er vor dem Attentat begonnen hatte. Er lernte Absatz für Absatz auswendig. Es war, als eigne er sich eine fremde Sprache an. Die erste Schwierigkeit sei gewesen, die Buchstaben zu erkennen. Dutschke lernte schnell. Das Buch erschien 1974 unter dem Titel *Versuch, Lenin auf die Füße zu stellen.*

Wenige Wochen nach dem Attentat schrieb Dutschke einen Brief an Bachmann ins Gefängnis Berlin Moabit: »Lieber J. Bachmann! Pass auf, Du brauchst nicht nervös zu werden, lies diesen Brief durch oder schmeiß ihn weg. Du wolltest mich fertig machen. Aber auch, wenn Du es geschafft hättest, hätten die herrschenden Cliquen von Kiesinger bis zu Springer, von Barzel bis zu Thadden Dich fertig gemacht.«

Dutschke machte Bachmann in dem Brief den Vorschlag, gemeinsam mit ihm und den revolutionären Studenten gegen »die Schweine in den herrschenden Institutionen«, gegen die »Vertreter des Kapitals«, gegen die »Agenten der Kriegsmaschinerie«, gegen die »Parteifaschisten« zu kämpfen. Bachmann solle mit den Selbstmordversuchen aufhören, seine, Dutschkes, Bewegung stehe auch für ihn da.

Josef Bachmann antwortete: »Lieber Rudi Dutschke! Ich möchte (...) mein Bedauern über das aussprechen, was ich Ihnen angetan habe. Ich kann nur hoffen, dass Sie in Ihrer Zukunft und Ihrer weiteren Laufbahn, die für Sie ja erst anfängt, keine ernstlichen körperlichen Schäden zurückbehalten werden. (...) Ich hoffe ja, dass ich alles durchstehen werde und für mich auch noch einmal die Sonne scheinen wird.«

Wegen versuchten Mordes wurde Josef Bachmann zu sieben Jahren Gefängnis verurteilt. Zwei Jahre nach dem Attentat nahm er sich im Gefängnis das Leben. Dutschke, der inzwischen in Dänemark lebte, ließ einen Blumenstrauß auf das Grab niederlegen. In seinem Tagebuch notierte er: »Der Kampf für die Befreiung hat gerade erst begonnen; leider kann Bachmann daran nun nicht mehr teilhaben.«

Am Weihnachtstag 1979 starb Rudi Dutschke an den Spätfolgen des Attentats. Er wurde neununddreißig Jahre alt.

In einem Volkslied der Roma heißt es

»Die braunen Mädchen töten dich mit ihren Blicken in einer Stunde mehr als der Tod in einem Jahr.«

Die Angstvertreiberpuppe

In einem New Yorker Trödlerladen fand meine Frau eine Holzpuppe, etwa fünfzehn Zentimeter groß. Der Verkäufer sagte, sie verjage die Angst und sei ein Mittel gegen Schlaflosigkeit. Darunter litt Monika. Sie griff schnell zu – was den Preis in die Höhe trieb. Sie solle die Puppe in der Nacht unter das Kopfkissen legen, sagte der Händler. Wenn sie Sorgen habe, solle sie der Puppe die Sorgen erzählen. Auch kümmere sich die Puppe um die Träume. Sie sortiere die bösen aus, ehe sie ins Bewusstsein vordringen. Noch in der Nacht fliege sie zu einem geheimen Ort und lade dort Sorgen und böse Träume ab.

Einmal schüttelte Monika ihre Bettdecke aus, die Puppe fiel aus dem Fenster, ein Füßchen splitterte ab. Nach langem Suchen fand ich den Fuß im Gras und klebte ihn an.

Truthiness

Der Begriff stammt von dem amerikanischen Satiriker Stephen Colbert und bedeutet in etwa: *gefühlte Wahrheit*. Im Jahr 2006 – also elf Jahre, bevor Donald Trump Präsident der Vereinigten Staaten von Amerika wurde – führte Colbert in seiner Show dazu aus:

»Jetzt melden sich bestimmt gleich wieder

ein paar Wortpolizisten, ein paar Vertreter der *Webster*-Wort-Fetischisten und rufen: Hey, das ist doch gar kein richtiges Wort! Tja, wer mich kennt, weiß, dass ich kein besonders großer Fan von Wörterbüchern oder Nachschlagewerken bin. Ich finde das elitär, immer diese Vorgaben, was *wahr* sein soll und was nicht. Oder was wirklich *geschehen* sein soll und was nicht. Wer ist die *Britannica* schon, dass sie mir verklickern will, der Panamakanal sei 1914 fertiggestellt worden? Wenn ich behaupten will, dass er 1941 fertig wurde, dann ist es mein gutes Recht! Ich traue keinen Büchern ... immer nur Fakten ... null Gefühl ... Sehen wir der Wahrheit doch ins Auge, Leute: Wir sind eine gespaltene Nation. Es gibt die, die mit dem Kopf denken, und es gibt die, die mit dem Herzen *wissen* ... denn genau von da kommt sie doch, die Wahrheit, meine Damen und Herren – aus dem Bauch.« (Zitiert nach: Kurt Andersen *Fantasyland. 500 Jahre Realitätsverlust*)

Nachdem der belgische Maler und Dichter Henri Michaux *Die Gesänge des Maldoror* von Lautréamont gelesen hatte, experimentierte er mit Meskalin und anderen Drogen. In seinem Buch *Turbulenzen im Unendlichen* schrieb er seine Erfahrungen nieder. Darin steht:

»Niemals ist man der Realität gewisser, als wenn sie eine Illusion ist; denn dann ist sie Realität kraft innerer Zustimmung.«

Viele Jahre hing dieser Spruch an der Tür zu meinem Arbeitszimmer.

Die Strafe

Ich erzählte meinem Freund Hubert Dragaschnig, Theaterdirektor, Regisseur und Schauspieler, dass ich ein Büchlein über das *Gelingen* schreiben möchte, dass es aber kein Essay werden solle, sondern eine Sammlung von Anekdoten in der Tradition der römischen Schriftsteller Claudius Aelianus und Prokopios von Caesarea oder von Plutarch, dessen

Geschichten über die verschiedenen römischen und griechischen Persönlichkeiten mit größter Wahrscheinlichkeit ausgedacht waren, oder des Alemannen Johann Peter Hebel oder etwas in der Art von Heinrich von Kleists *Anekdote aus dem letzten preußischen Kriege* oder von Friedrich Torbergs *Die Tante Jolesch oder Der Untergang des Abendlandes in Anekdoten*, also etwas Vorzeigbares, dass ich aber darauf verzichten wolle, dem Leser unter die Nase zu reiben, was die jeweilige Geschichte mit *Gelingen* zu tun hat – da riet er mir, unbedingt auch einen Witz in die Sammlung aufzunehmen; der Witz sei, sagte er, wenn er gut ist, ebenso eine dramatische wie eine epische wie eine lyrische Form, also auf alle Fälle vorzeigbar. Und er erzählte mir auch gleich einen:

Ein Rabbi spielt leidenschaftlich Golf, er muss es jeden Tag tun, sonst ist er unglücklich – so auch am Sabbat, an dem es verboten ist. Also fährt er in eine andere Stadt, wo ihn niemand kennt, und dort spielt er seine zwei Stunden. Der Engel sieht es und meldet es Gott: »Es ist verboten«, sagt er. »Du musst ihn bestrafen.« Gott antwortet: »Ich will noch einmal zusehen, er ist ja sonst ein so frommer Mann.« Am nächsten Sabbat fährt der Rabbi wieder in eine Stadt, wo ihn keiner kennt, und wieder spielt er seine zwei Stunden Golf. »Jetzt«, sagt der Engel, »jetzt musst du ihn bestrafen.« »Also, wenn er es noch einmal tut«, sagt Gott, »dann!« Am nächsten Sabbat, fremder Golfplatz, der Rabbi setzt den Ball auf, holt mit dem Eisen aus und schlägt und – ein Ass! Über 100 Meter hat er mit einem Schlag das Loch getroffen! Das passiert einmal in zehn Jahren, weltweit, oder in zwanzig Jahren. Nun der zweite Schlag – wieder ein Ass! So etwas ist in der Geschichte des Golfspiels überhaupt noch nie geschehen, in der Geschichte der Menschheit nicht! Der Engel zu Gott: »Du hast versprochen, ihn zu bestrafen, stattdessen belohnst du ihn mit zwei Assen!« Gott: »Und wem soll er es erzählen?«

Die Namen

Sein vollständiger Name lautete: Pablo Diego José Francisco de Paula Juan Nepomuceno María de los Remedios Cipriano de la Santísima Trinidad Ruiz y Picasso.

Sein Vater soll bei der Taufe gesagt haben, wenigstens einer der Patrone und Vorfahren werde schon dafür sorgen, dass aus ihm ein anständiger Mensch wird.

Muhammad Ali, Boxer, sagte

»Cassius Clay ist ein Sklavenname. Ich habe ihn nicht gewählt, und ich will ihn nicht. Ich bin Muhammad Ali, der Name eines Freien, und ich verlange, dass ihn die Leute verwenden, wenn sie mit mir und über mich reden.«

»Ich bin so schnell, als ich letzte Nacht das Licht in meinem Hotelzimmer ausgemacht habe, war ich im Bett, ehe es dunkel war.«

»Ich habe keinen Streit mit dem Vietcong. Kein Vietcong hat mich jemals Nigger genannt.«

»Ich habe George Foreman beim Schattenboxen gesehen, und der Schatten hat gewonnen.«

»Ich werde ihn so übel schlagen, dass er einen Schuhanzieher braucht, um seine Mütze aufzusetzen.«

»Schwebe wie ein Schmetterling, stich wie eine Biene.«

»Joe Frazier ist so hässlich, wenn er weint, kehren seine Tränen um und laufen an seinem Hinterkopf herunter.«

»Boxen heißt, dass ein Haufen Weißer zwei schwarzen Männern dabei zusieht, wie sie sich verprügeln.«

»Ein Mann, der die Welt mit fünfzig genauso sieht wie mit zwanzig, hat dreißig Jahre seines Lebens verschwendet.«

»Es ist nur ein Job. Gras wächst, Vögel fliegen, Wellen spülen Sand weg – ich verprügele Leute.«

»Die Menschen begreifen nicht, was sie

hatten, bis es weg ist. Wie Präsident Kennedy, es gab niemanden wie ihn. Wie die Beatles, es wird nie wieder etwas wie sie geben. Wie mein Elvis Presley. Ich war der Elvis des Boxens.«

Zwei Ungleiche

Nimmt es nicht wunder, dass Aristoteles, der bekannteste Schüler des Platon, in dessen Dialogen nicht aufscheint? Hat Platon den »antiken Denkriesen«, wie Karl Marx Aristoteles nennt, nicht für würdig erachtet, Gesprächspartner von Sokrates zu sein? Im Dialog *Parmenides* kommt zwar ein Aristoteles vor, der ist aber ein anderer, ein Oligarch, wie es heißt – oder aber eine von Platon erfundene Person; nicht gerade der Klügste, wie er uns vorgestellt wird. War das eine gefinkelte Spitze gegen den Klügsten, aber nicht Geliebten in der akademischen Runde?

Platon warf Aristoteles Eitelkeit vor, sein

Zynismus missfiel ihm, besonders aber, dass er sich allzu prachtvoll und teuer kleidete, dass er Schmuck trug, einen Ring an jedem Finger, dass er sich schminkte und Allüren hatte. Schließlich sonderte er ihn aus, er verwehrte ihm, weiterhin an den Gesprächen in der Akademie teilzunehmen.

Daraufhin soll Aristoteles ihn gemeinsam mit anderen – keinen Philosophen, sondern in der Stadt berüchtigten Schlägern – abgepasst haben. Aristoteles habe den gut bezahlten Rabauken aufgetragen, sie sollen den alten Mann – sie wussten nicht, wer er war – auf keinen Fall anrühren, sie sollen ihn lediglich bei seinem Spaziergang über die Felder vor der Stadt »begleiten«, als »Beschützer« sozusagen. Die Burschen nahmen Platon in ihre Mitte, eng, umschlossen ihn; wenn er stehenblieb, blieben auch sie stehen, wenn er nach links ausweichen wollte, gingen sie ebenfalls nach links, wenn er zu laufen begann, liefen auch sie. Jeden Tag ging das so. Bis Platon nicht mehr wagte, das Haus zu verlassen.

Platon war der Meinung, der Mensch könne

für sich allein gut sein. Aristoteles lehrte, das Gute benötige immer mindestens zwei.

Weißes Gift

Das Drehbuch schrieb Ben Hecht, er erhielt dafür den Oscar. Alfred Hitchcock verfilmte die Geschichte 1946. Originaltitel: *Notorious*. Ingrid Bergman spielt darin die Tochter eines amerikanischen Nazis, der nach dem Krieg wegen Landesverrats zu 20 Jahren Gefängnis verurteilt wird. Sie hasste ihren Vater wegen dessen politischer Gesinnung. Der amerikanische Geheimdienst setzt einen Agenten auf sie an; sie soll mithelfen, weitere Verschwörer aufzudecken. Der Agent, Cary Grant, und sie verlieben sich ineinander ... und so weiter ...

Fünf Jahre nach dem amerikanischen Kinostart kam der Film in Deutschland heraus – unter dem Titel *Weißes Gift*. In der deutschen Synchronfassung wurde eine ganz andere Geschichte erzählt. Es ging nicht mehr um Nazis, sondern um Rauschgift. Man wollte das deutsche Publikum mit einer politischen Geschichte, in der die Deutschen die Bösen sind, nicht aus den Kinos vertreiben. Der Film ist auf bizarre Weise lächerlich. In einer vornehmen Villa in Rio de Janeiro versammeln sich anstatt Exil-Nazis Rauschgifthändler in eleganten Smokings, die Mutter des Bösewichts, gespielt von Leopoldine Konstantin, verhält sich zwar wie die Klischee-Nazifrau, sie sieht aus wie Magda Goebbels, ist aber eine Kokain-Dealerin. Aus dem Uranerz, das im Weinkeller versteckt ist, wird im deutschen Synchron »ein Grundstoff für eine neue Droge«. Selbst wer das Original nicht kennt, denkt sich, hier stimmt gar nichts, und muss sich wundern, dass dieser Film von der Kritik ein Meisterwerk genannt und mit zwei Oscars ausgezeichnet wurde. Was Ben Hecht und Alfred Hitchcock zu der deutschen Zerstörung ihres Werks gesagt haben, ist nicht bekannt. Wahrscheinlich haben sie sich nicht dagegen wehren können. Die Radio-Keith-Opheum Pictures hatten sich alle Rechte gesichert.

1969 wurde der Film neu synchronisiert und kam mit dem Titel *Berüchtigt* wieder in die deutschen Kinos. Nun war zwar nicht mehr von Rauschgift, sondern, dem originalen Drehbuch von Ben Hecht folgend, tatsächlich von Nazis die Rede; allerdings deutet nichts auf den deutschen Konzern I.G. Farben hin, der hinter den Urangeschäften der Bösen steht und dessen Machenschaften während der NS-Zeit der historische Hintergrund der Handlung sind. Bis heute gibt es keine »ungesäuberte« Fassung des Films.

Der Blitzmann

Ein schlauer Mann hat ausgerechnet, die Chance, dass ein und derselbe Mensch siebenmal in seinem Leben vom Blitz getroffen werde, liege bei 1 zu 16 Quadrillionen – das ist eine 16 mit 24 Nullen:

16.000.000.000.000.000.000.000.000

Einer hat's dennoch geschafft: Roy C. Sullivan. Er war Waldaufseher im Shenandoah-Nationalpark in den Blue Ridge Mountains in Virginia, USA.

Zum ersten Mal traf ihn der Blitz, als er auf seinem Wachturm Schicht schob, das war 1942. Der Blitz sei niedergefahren, ehe das Gewitter losging, blauer Himmel, nur eine Wolke. Er erwischte das linke Bein von Mister Sullivan und riss ihm die Hälfte des großen Zehs weg. Der Blitz verödete die Wunde, nicht ein Tropfen Blut sei geflossen, die Schmerzen seien gering gewesen.

Zum zweiten Mal schlug der Blitz 1969 zu. Sullivan saß auf der Ladefläche eines Lasters und zündete sich gerade mit einem Metallfeuerzeug eine Zigarette an. Wieder kein Regen, blauer Himmel, nur eine Wolke. Das Feuerzeug flog durch die Luft, ein Striemen über Stirn und Augenbraue, Sullivan wurde vom Laster geschleudert und verlor das Bewusstsein. Wieder kein Blut und außer ein bisschen Kopfweh und blauen Flecken vom Sturz keine Folgen.

Ein Jahr später, 1970, durchbohrte der Blitz Sullivans linke Schulter und riss eine Spur von der Achsel, am Körper entlang, bis hinunter ins Bein. Er wurde ins Hospital gebracht. Diesmal, so erzählte er den Reportern, habe er höllische Schmerzen gehabt. »Als ob der Blitz die Schmerzen von den ersten beiden Malen nachgeliefert hätte.« Die Waldbehörde spendierte ihm ein ganzes Jahr Urlaub.

Kaum war er wieder im Dienst, der nächste Schlag, der vierte, diesmal nur ein Streifer: seine Haare brannten, die Kopfhaut verglaste. Und wieder blauer Himmel, nur eine Wolke. Ein Nachbar, der gerade den Garten spritzte, richtete geistesgegenwärtig den Schlauch auf ihn.

Auf einer Patrouillenfahrt durch den Nationalpark, wieder ein Jahr später, brach ein heftiges Gewitter aus, es regnete, Sullivan parkte den Pick-up unter dem Vordach einer Scheune. Er blieb im Wagen. Er habe Schadenfreude empfunden, erzählte er. Inzwischen sei es ihm natürlich auch merkwürdig vorgekommen, dass immer er vom Blitz getroffen werde. Er habe zum Blitz eine Art persönliche Beziehung aufgebaut. »Und diesmal war ich schadenfroh. Ich sag nur: Faradayscher Käfig! Wart du nur, dachte ich, ich bleib hier, bis du ausgeblitzt und ausgedonnert hast.« Und das hat er gehalten. Erst als die Sonne wieder schien und der Himmel blau war – nur eine Wolke ... Wieder die Haare. Abgebrannt. Sonst nichts. »Ich dachte, jetzt haben wir beide, der Blitz und ich, unseren Frieden gefunden. Er streichelt mich ab und zu, und ich fluche nicht mehr auf ihn.«

Und tatsächlich, drei Jahre hatte Roy Sullivan Ruhe. Dann zerschmetterte ihm der Blitz eine Ferse. Wieder aus »heiterem Himmel«.

1977, da hatte Roy Sullivan noch sechs Jahre zu leben, schlug der Blitz zum letzten Mal zu, diesmal heftiger denn je. Beim Angeln. Ein Freund fand ihn. Bewusstlos. Schwere Verbrennungen an Brust und Bauch. Für über einen Monat musste Sullivan ins Krankenhaus. Von diesem Schlag, dem letzten, erholte er sich nicht mehr. Am 28. September 1983 nahm sich Roy Sullivan, der Waldaufseher, das Leben.

Der Genügsame

Paul Lafargue, Schwiegersohn und Mitkämpfer von Karl Marx, schreibt in seinen persönlichen Erinnerungen an denselben, Marx habe ihm geklagt: »Niemand hat so viel über das Geld geschrieben und dabei so wenig davon besessen. *Das Kapital* wird mir nicht einmal genug für die Zigarren einbringen, die ich bei seinem Schreiben geraucht habe.«

Müttersorgen

Plutarch behauptet, auf seinen Spaziergängen unterhalb von Delphi, wo er eine Zeitlang als Priester tätig war, Schafe beobachtet zu haben, auf deren Rücken mehrere Schwalben saßen, die den Flaum aus dem Fell pickten und zu ihren Nestern trugen. Er habe daraufhin eines der Nester untersucht und festgestellt, dass sie aus harten, dürren Blättern von Olivenbäumen gebaut waren. Für die Schwalbenjungen, die nackt waren und noch kein Gefieder hatten, wäre es sehr schmerzhaft, notierte er, wenn sie in den blanken Nestern auf den harten Blättern mit den messerscharfen Kanten lägen. Deshalb polsterten die Schwalbenmütter die Unterlage mit Flaum aus. Die Schafe wehrten sich nicht gegen die kleinen Vögel, sie meinten, sie pickten ihnen das Ungeziefer aus dem Fell. Das taten die Schwalben auch. Plutarch spekuliert darüber, ob die doch so verschiedenen Tiere eine gemeinsame »Sprache« gefunden hätten. Er erzählt, er habe Abläufe von Pfeifen und Blöken belauscht, deren

Rhythmus und Melodie sich nach einem Dialog angehört hätten. Der Historiker, Biograph und Philosoph machte sich Gedanken, worüber eine Schwalbenmutter mit einem Schaf sich austauschen könnte – wahrscheinlich über die Kinder.

Der Sänger und der Präsident

Der erste, der Barack Obama als Präsidentschaftskandidaten der Vereinigten Staaten von Amerika vorschlug, war nicht ein Funktionär der *Democratic Party*, sondern der kanadische Sänger, Komponist und Dichter Neil Young. Auf seinem 2006 veröffentlichtem Album *Living With War* ist der Song *Lookin' for a Leader* zu hören, in dem sich Young Gedanken über Amerika unter Präsident George W. Bush macht und mögliche Kandidaten für einen würdigeren Nachfolger vorschlägt – zum Beispiel Colin Powell, den ehemaligen Außenminister unter Bush, »to right he's done wrong« –, um zu korrigieren, was er falsch gemacht hat. Und eben auch Barack Obama. Er bedauere, singt Young, dass Obama abgesagt habe; er sei zu jung für das Amt. Wann hat Obama das gesagt? Und zu wem? – Zu Neil Young selbst. Bei der Benefizveranstaltung *Farm Aid* im Jahr zuvor, bei der außer ihm auch Willie Nelson, Buddy Guy, Emmylou Harris und andere Größen des Rock 'n' Roll und der Country Music teilnahmen, trat nämlich auch der Junior Senator für den Staat Illinois auf die Bühne, er kündigte die Chicagoer Rockband *Wilco* an – sein Name: Barack Obama. Backstage in einem Wohnwagenanhänger haben sie dann miteinander gesprochen. Neil Young sagte, Obama solle die Demokraten überreden, ihn als Präsidentschaftskandidaten aufzustellen. Obama antwortete, dazu sei er noch zu jung. Ein Jahr später erinnerte ihn der Sänger auf seinem Album *Living With War* daran. Und zwei Jahre später, am 15. Dezember 2008 wurde Barack Obama von den 538 Wahlmännern zum

44. Präsidenten der Vereinigten Staaten von Amerika gewählt.

2020 nahm Neil Young seinen Song *Lookin' for a Leader* neu auf, diesmal nur mit Gitarre. Einige Textpassagen änderte er; nun war es kein Lied mehr für Barack Obama, sondern eines gegen Donald Trump.

Beethovens Saustall

Carl Czerny, Klaviervirtuose und Schüler von Beethoven, gab einen Bericht über die Wohnung des Meisters. Es sei ihm schwergefallen, sich in dem Saustall auf die Arbeit zu konzentrieren, und er habe sich nicht vorstellen können, wie ein gesitteter Mensch wie Beethoven in solcher Umgebung existieren könne. Die Kästen seien offen gestanden und leer gewesen, das heißt durchzogen von Spinnweb; die Kleider, vor allem die schmutzigen, waren über den Boden verstreut, die Wände kahl. Die frische Wäsche lege ihm die Zugehfrau jeden Samstag vor die Tür, die Wohnung zu betreten, habe er ihr verboten. Sie müsse fünfmal klopfen, das sei ihr Zeichen, und dann sofort verschwinden. Er bücke sich nach den Sachen und stopfe sie in einen der Koffer, die mitten im Raum und im Weg stehen. Nur ein Stuhl befinde sich in dem wüsten Arbeitszimmer, und der sei wackelig und verdreckt wie alles andere, er stehe vor dem Walterschen Fortepiano, das Beethoven zum Komponieren diene. Das ganze Ambiente sei von einer »wahrhaft admirablen Confusion.« Überall seien die Reste eines Abendessens, eines Mittagessens oder eines Déjeuners, eines Frühstücks, verstreut. Man rieche Beethovens Zimmer bereits draußen im Flur. Bei manchen Dingen auf einem Teller meine man, nicht definieren zu können, worum es sich handle, weil der Schimmel so bizarre Formen bilde. Dazwischen liegen Bücher, Manuskripte und Notenblätter, stehen und liegen Weinflaschen und Gläser und Scherben. »Dort auf dem Piano auf bekritzelten Blättern das Material zu einer Sinfonie, hier eine auf Erlösung harrende Korrektur, dazwischen bedecken freundschaftliche Geschäftsbriefe den Boden, in den Fenstern stecken ein Laib Strachino und eine Rolle Veroneser Salami.« Und über allem wandelnd und mürrisch knurrend: Beethoven.

Bettina von Arnim, damals bereits Bettina von Brentano, schreibt: »Seine Wohnung ist ganz merkwürdig: im ersten Zimmer zwei bis drei Flügel, alle ohne Beine auf dem Boden liegend; im zweiten Zimmer sein Bett, welches winters und sommers aus einem Strohsack und dünner Decke besteht, einem Waschbecken auf einem Tannentisch, die Nachtkleider liegen auf dem Boden.« Beethoven hatte sich zwei Flügel liefern lassen, war aber zu ungeduldig gewesen, um abzuwarten, bis die Arbeiter die Beine montiert hatten. Er schickte die Männer fort, er werde sich später darum kümmern. Tat er aber nicht. Stattdessen komponierte er im Liegen.

Eine junge Besucherin berichtet: Nachdem Beethoven sie fast eine Stunde allein in seinem heruntergekommenen Zimmer habe warten lassen, sei er vor Wut schnaubend mit zerkratztem Gesicht erschienen. Er habe sich mit einem Kerl, der gar nicht in das Haus gehöre, um den Abort gestritten. Der Mensch sei gewalttätig geworden, und ihm sei nichts anderes übriggeblieben, als ebenfalls gewalttätig zu werden, dabei habe er sich – das sagte er offen und ohne Scham – in die Hose gemacht, welche er erst habe wechseln müssen, bevor er seiner Besucherin habe gegenübertreten wollen, deswegen die Verspätung.

Der Erzherzog Rudolf von Österreich war ein Freund und Schüler Beethovens, er sei es gewesen, der ihn zur Komposition der *Missa Solemnis* ermutigt habe. Damals war Beethoven schon fast taub. In dem Saustall in der Wohnung ging das Manuskript des Kyrie verloren. Das war Anlass, endlich die Wohnung aufzuräumen. Der Erzherzog half ihm dabei, allein wäre es Beethoven nicht gelungen. Das Manuskript fanden sie nicht. Erschöpft und unglücklich und dennoch glücklich setzten sie sich in dem frisch aufgeräumten und geputzten Zimmer an den Tisch, um zu nachtmahlen, da entdeckten sie auf der Butter Tintenabdrücke einer Notenschrift. Beethoven stürzte in die Küche und fand dort die Notenblätter. Die Köchin hatte mit dem Kyrie der *Missa Solemnis* den Käse und die Butter eingewickelt.

Hilflosigkeit

Agesilaos II., spartanischer Staatsmann und Feldherr um 450 vor Christus, der mehrere Kriege gegen die Perser führte und schließlich zu einem für ihn entwürdigenden Frieden gezwungen wurde, sagte, er hoffe darauf, dass die Perser die Verträge nicht halten, weil sie dann durch ihren Treuebruch den Zorn der Götter auf sich laden, während, daraus folgend, ihm dieselben Gunst und Beistand schenken.

Daran erinnert der mittelalterliche Philosoph Pietro d'Abano in seiner Interpretation des Christuswortes, Matthäus 19,30: »So werden die Letzten die Ersten sein und die Ersten die Letzten.«

Endspiel

»All of old. Nothing else ever. Ever tried. Ever failed. No matter. Try again. Fail again. Fail better.« – »Alles seit je. Nie anders. Immer versucht. Immer gescheitert. Einerlei. Wieder versuchen. Wieder scheitern. Besser scheitern.« – Samuel Beckett: *Worstward ho. Aufs Schlimmste zu.*

Inhalt

Schule der Enttäuschung 5
Der Teufelsmusikant 5
Befleckung 8
Ein Kriegsgedicht 8
Der Vertrag 10
Die ideale Philosophenbiografie 13
Der Musikant als Politiker 13
Mozart und der Küchenchef 14
Wahrscheinlich eine Weisheit der Sioux 15
Der Knabe und der Adler 15
Raumfüllend 18
28 Sätze 19
Kindersoldaten 21
Der schwarze Engel 22
Der Briefwechsel 25
In einem Volkslied der Roma heißt es 28
Die Angstvertreiberpuppe 28
Truthiness 29
Die Strafe 31
Die Namen 34
Muhammad Ali, Boxer, sagte 34
Zwei Ungleiche 36
Weißes Gift 38
Der Blitzmann 40

Der Genügsame	44
Müttersorgen	45
Der Sänger und der Präsident	46
Beethovens Saustall	48
Hilflosigkeit	52
Endspiel	53

Michael Köhlmeier, 1949 am Bodensee geboren, Studien der Germanistik und Politikwissenschaft in Marburg an der Lahn und der Philsosophie und Mathematik in Gießen. Seit Mitte der achtziger Jahre Romane, Erzählungen und Nacherzählungen aus der griechischen Mythologie und der Bibel. Zuletzt im Hanser Verlag erschienen *Bruder und Schwester Lenobel*, zusammen mit Konrad Paul Liessmann *Der werfe den ersten Stein. Mythologisch-philosophische Verdammungen*, *Die Märchen* und im Herbst 2021 der Roman *Matou*. Seit vierzig Jahren verheiratet mit Monika Helfer.

© Literaturverlag Droschl Graz – Wien 2021

Umschlag: & Co www.und-co.at
Satz: AD
Druck: Styria Print

ISBN 978-3-99059-094-2

Literaturverlag Droschl Stenggstraße 33 A-8043 Graz
www.droschl.com